KB130701

초록의 뜰

김수연 시조집

김수연 金秀妍

시인, 시조시인, 문학평론가
수연꽃꽂이중앙회 회장

E-mail: suyeoun88@naver.com

서시

잎 돋는 초록의 뜰에서

　숲 가까이 살면서
들로 산으로 헤맸던
시간들을 떠올려볼 때

　파란 하늘 떠가는 흰 구름 아래
고요히 서 있지만
죽지는 않은 겨울나무의 숨과
구애하는 새들의 노랫소리와
풀과 꽃들의 향기를
어루만지는 바람에게서
위로를 받았던 매 순간들에 끌려
인생을 그려내고 싶었던
시적 자아의 꿈틀거림이었습니다

　감사하게도
시를 쓰며 사는 이 순간이 행복합니다

　　　　　　　　　　天香 김수연

차례

2부 너무 먼 사랑이나 그리움 같은

3부 바람길 한 발 뒤에서

4부 저마다 하늘을 봐

5부 작품해설

1부

저토록 차고
넘치도록

이슬 한 방울

끊어진 거미줄에 매달린 별의 눈물

휘모리장단으로 아무리 흔들어도

허공을 움켜쥔 채로 우주여행 몸짓이다

꽃 마중

목 빼어 창밖으로 온몸 가득
봄볕 쐬면

봄바람 시새움에
속눈썹이 떨려오네

초록을
숨 쉬고 오는
노래하는 소리를

봄이 오나

봄 짓는
바람소리
활짝 여는 봄 까치꽃

오종종한
연푸른
꽃 바닥을 드러내고

파르르
움츠리고서
사랑스레 몸을 꼰다

히어리 피었어요

사나흘 덜컹대며
봄소식
쥐고 온 손

종을 치고 흔들어 난장판이 따로 없네

한바탕
간드러지게
깔깔대는 춤사위

봄빛에 취하다

햇살의 날갯짓에 가지런히 일어서며

기척을 알아듣는 풀 한 포기 삶이어니

가냘픈 저 이파리들 빛 안에서 깨어난다

이슬의 속삭임에 눈을 뜨는 꽃봉오리

수줍게 바람결에 흔들리는 꽃이려니

찬란한 햇빛 속에서 사랑이 피어난다

이슬의 무게

입술 열고 봄비를 마시려는 초록의 혀
비 갠 후에 햇살이 연두만 핥아놓아
새뜻이 비치는 푸른 거품이 환해진다

사라질 거면서 다시 엉겨 눈 뜨고
풀잎 위에 안개처럼 어리는 여린 숨결
물기를 옴찔거리며 고인 눈물 넘쳐난다

별들이 숨을 쉬는 나무숲에 손님 들어
멧비둘기 풀과 가지 포개놓은 한 칸 집
서로를 찾아 즐기던 풀과 꽃향기 다해

하늘과 땅에 잠시 무지개 서리면
어느새 떠나려는 만삭의 가쁜 호흡
동그런 작은 우주에 별이 되어 흩어진다

꽃샘잎샘

장미꽃 온통 피어
그 향기에 이끌리듯

그대가 내게 올 때
수줍게 부풀리고

향그런
가시로 만나
꽃다운 꽃 피리라니

참나무에 생강나무꽃이 피었다고

밤사이 눈 아리게 얼마나 비볐는지
눈물 흘린 사이에 돋아난 시린 손끝

날이 선 변덕바람에
향기를 줍고 있다

참나무 허리통에 꽃가지 펼쳐들고
가려운 것들끼리 속닥대는 꽃 몇 송이

봄볕에 포개졌다가
만남이 너무 짧다

목련꽃 온도

언 겨울 이겨내고 봄을 향한 가지 끝에
눈매를 치켜뜨고
함초롬히 곱더니만

살갗이
벗긴 것처럼
몰아쉬는 가쁜 숨

수많은 속삭임을 드러내지 않으려고
새하얀 두건으로
울렁임 싸안아도

바람이
뒤적여 놓은
저리 많은 눈물방울

같이도, 제 빛깔대로

드러내 올라 피운 매화꽃을 얼싸안아

색깔도 섞지 않고 서로의 몸 더듬더니

꽃 만발
삼지닥나무
뿌리째 몸살이다

봄비에 떨어져서 꽃잎만 가득한데

눈 부릅떠 젖은 뜨락 훔쳐보며 맴돌던

비둘기
가까이 모여
꽃향기를 쪼고 있다

꽃이 진 자리

이미 핀 꽃이야 시들게 마련이지

피다 말다 그 마저도
눈 뜨고 밟히는데

하물며 까닭도 없이 내 작은 꿈쯤이야

언제부터 낮이 설다

나무에도 풀잎에도 꽃잎에도 무거워

향기만 남겨놓아 잡티처럼 돋고 있어

질펀히 마주 앉아서
세월을 뽑아낸다

눈물이던 가시가 가슴을 자꾸 긁어

커다란 동굴같이 소리 내어 깊이 울어

바람도 낯이 설어서
저만치 돌아분다

꽃의 술잔

이슬이 차오르면 엎지르는 흰 날갯짓

슬플 때 얼굴처럼 외돌리는 젖은 연잎

갈증 난 목을 쳐들고 그리움을 삼킨다

연꽃 몸살

사방이 진흙탕 비 물에 잠긴 푸른 연잎

바람결 틈 사이로
사랑을 싹 틔워서

오롯이 뚫고 내밀다 가라앉아 버린 후에

그리움을 호흡하며
한 겹 한 겹 모두 열어

물 위로 떠올라서 누군가의 꽃이 된 날

천리 밖 끝에서라도 영혼 하 나 품었다

저토록 차고 넘치도록

풀잎에
꽃핀 듯이 둘러앉은
이슬방울

한사코 달라붙어 풀꽃에 눈 맞추고

힘겹게
떼어낼수록
껴안고 한 몸이라고

구름 구두

시린 발
휘우듬히
구름 속을 걸어 나와

떠밀려 어긋나던 한 생애 거닐다가

허공에
발버둥치는
번개에 접질린 발

바람으로 쓴다

달싹대는 여린 잎에 꽃망울 매달고서

시리게 떨고 있는 푸른 꽃 눈뜸이여

향기도 앗아간 허공 시리게 피어간다

시들어 굳어가는 물비늘이끼처럼

찡그려 날개 접고 오므리는 아픔이여

부서진 아름다움을 바람이 쓸어간다

거울 속에는

닮았다,
어머니의 자화상이
이러 했나

눈 끝에
아롱지는 눈물 세월
스치는 날

훅, 불면
바스러질 듯
입 언저리 꽃 진다

누구의 꽃도 되지 못하고

이렇게
옮겨 심은
풀꽃의 몸짓으로

사막이든 초원이든 가릴 것 없는 자리

울음을 다져 심어서
뿌리내린 꽃이요

못 본 척 지나가요
발걸음 소리 겁내

바람이 피운 꽃은 나비 쫓아 따라가고

꿀벌도
졸다 떠나간
한숨 젖은 꽃이요

분수물놀이

우아한 몸짓으로 일천 갈래 햇살 무희

걷잡을 수도 없는 물비린내 같은 사랑

설레는 구름을 감고 그리움이 솟았다

장미축제

하얗거나 노란 날개 훌쩍 떠난 몇 초 간
가시를 핥은 걸까 꽃잎이 쏟아졌다
나비는 보이지 않고 피 흘리는 그 자리

휘어진 철망에 올라 감긴 넝쿨장미
안쪽에 꽃들이 밖에서도 볼 수 있도록
다듬는 가위에 잘려 쌓여가는 서린 눈물

도둑의 출입구마냥 구부러진 프레임 속
넝쿨로 얽어 묶어 꽃목걸이 걸어 놀까
뽐낼 건 뾰족한 가시에 번쩍이는 햇살 조각

나무가 꿈틀 했다

아버지 닮아 곧은 나무 메타세쿼이어
하늘에 닿아 있어 숨죽여 올려보다
큰 나무 그늘에 들면
안길 마음 기댄다

살면서 쪼개지고 속 터지는 천둥번개
지그시 눈 감고 긴 한숨만 내 뱉으며
비구름 돌려세우고 한없이 주던 사랑

숲길의 그 너머나 길이와 높고 낮음
아무도 모르는 길 앞만 보고 가야 할 때
그래도 쉬어가면서
굽은 길도 잘 왔다

2부

너무 먼 사랑이나
그리움 같은

빈 배

쪽잎 하나
띄워놓아
빈 채로 흔들리는

그 위로
진 꽃잎이
그리움을 물들이고

달빛도
머리채 풀어
은하수에 걸치었다

눈꺼풀에 돋는 무지개

선잠을
깨어나니

달빛이 뒤척이며

은하수를
건너오고

그림자
걸쳐놓아

눈꺼풀
위를 흐르는

나비 한 쌍 꿈 날개

하늘로부터 오려지는 빛 조각

큰새가 어느 날 들어와 산 그 날부터
불쾌한 동거가 번뇌를 불러 왔다
서로를 밀어내다가 해와 달이 되었지

바람이 통과할 때 모른 척 해버릴 걸
마음 곁에 놓아진 연민이 슬픔 이다
아픔을 키울 때마다 부끄러움 커지고

허공을 향한 채로 설음이 울컥할 때
어둠을 더듬어서 빈손을 내밀었다
비워둔 수평선 너머 파란별이 흐르고

헤어지는 것에도 따뜻한 시선이 필요해

끊어진 얘기들이 입안에서 갇혀버려

두려워 얼떨결에 후둘 대며 흘린 눈물

자꾸만 무거워지는 어깨를 들썩였다

그렇게 등 뒤에서 어떤 것이 상처인지

모르게 한다는 건 그리워 할 아무것도

보이고 싶지 않아서 손수건을 접었다

아흔아홉까지만 세었다

허리를 구부리고 바람이 넘어 온다
습관이 부서진다, 모두가 천해 보여
모양을 뭉개 버리고
꽃 파도는 치는데

초록색 손은 이미 닿지 못해 멀어지고
흰 색은 희고 희다, 절반은 쏟아지고
망초 꽃 지고 난 자리
노을이 훌쩍 댄다

부서지는 마음을 뿌리로 남겨두고
더 크게 흔들린다, 뒤집다가 비틀대는
무수히 많은 소원을
반복하는 사이에서

아까시꽃 향기

  여기저기 향기를 매달아 놓고 둥실 떠 하프의
선율이듯 종들이 흔들리며 죽음도 넘어선 사랑
그 꽃 속에 가두고

  은색으로 빛을 내어 눈꽃처럼 하얗게 아래로
처진 꽃숭어리 생의 어느 순간 각각의 꽃잎이
숲에 나비 같이 사라지고

  하늘의 태양도 멀어지지 않으려는 듯 시간을
넘어서는 동경과 사랑과 그리움을 삼가며 끌어
당기고 그대 영혼 껴안아

  그토록 우아하게 무아지경으로 폭발해 날아가
어지러운 춤사위 속에 별이 되어 올라간 뒤에
하늘을 마시면 그 냄새가 다시 핀다

저 장미꽃 위에 이슬

햇빛 받는 곳마다
붉은 꽃 매달리어
가시에 몸 맡기고 사랑이 깊을수록
더 깊은 한숨소리만
가득하게 퍼지네

저 멀리 푸른 언덕
어둔 구름 몰려들어
무거운 심한 슬픔 셀 수 없이 매달려와
그 밝은 빛을 잃을 때
설움이 사무치네

캄캄한 어둠 걷혀
장미꽃 다시 피면
이슬아침 영접해 가벼워진 한 생애
마음속 기쁨 넘치네
휘날리는 꽃향기에

삭제된 줄 알았다

안에만 묻어놓고 무릎을 꿇을수록
분수처럼 솟아나서 눈물 흘러 애 태우고
허물을 끄집어내어 불티가 일고 있다

발등에 불이 붙어 도망치려 머뭇대다
어둠을 수놓았던 상처투성이 엿보며
풀벌레 소리를 내며 등짝이 납작해졌다

경책하셨어도 죽음에는 넘기지 않으시고
내 영혼을 사망에서, 내 눈을 눈물에서
내 발을 넘어짐에서 건지셨나이다*

*시편 116:8

초록의 뜰

숲들이 젊어져서 뼈를 품고 솟구치고
신들린 듯 사로잡는 잎사귀의 초록 몸집
새들은 높은 곳에서 이야기를 들려준다

고귀한 내 사랑은 세 개가 떠 있었다

지켜내지 못한 한 개는 나를 다 사르고, 눈물 말릴
새도 없이 식은 열기 뒤척이는 꿈에서만 밤마다 나를 꼭
품어 참 좋았던 시절을 돌아보게 한다 기다리는 하고많
은 기도 속에 큰키나무로 홀로서면 수 천 년 부는 바람
이 전설을 데려와 주고 나무눈같이 저리 고운 달님 별님
품어서 사랑하고 내 몸의 어딘가 새의 날개처럼 얇은,

초록을 물고 나무는 그리움을 키운다

아름드리 그루

노목에 돋은 잎새 푸르게 피가 돌아
베인 자리 가려주고 성근 그늘 드리워서

지나던 길손들 모여
정 깊은 소식 듣네

여물지 않은 사연 아쉬움을 흘려놓고
한 나절 지친 햇살 높이 뜨자 등 떠밀려

한 사람 떠나자마자
산새가 기웃 대네

백합나무를 심으며

지금 심은 백합나무 큰 숲을 이루리라

나무에 매어 묶은 이름표에 맺힌 미소

햇살에 부푼 나뭇잎 푸른 향기 내뿜고

산자락 넘어오는 바람소리 서로 만나

한 그루 한 그루 달래주며 보듬을 때

먼 꿈이 자랄 것이고 희망이 되고 미래가 되리

구미정*

너럭바위
풍화를 겪은 누각
기대섰다

솟은 바위 휘감고 도는 물에 떠오른 글

새겨진
해석을 할 때다

물살에 떠내려가고

*구미정(九美亭): 강원도 정선군 임계면에 있는 경치 좋고 전망 좋은 정자

삼부연 폭포 비경 앞에 서다

욕망이 눈을 가려
용처럼 오르려다
물보라 일으키며
미쳐가던 한순간이
뻥 뚫린 하늘 끝에서
은하수로 떨어진다

왁자한 저 흔적들
협곡에 높이 떠서
가마솥 엎지르듯
물보라가 귀를 뚫고
천하를 호령해대듯
쩌렁쩌렁 울린다

한라산 여름맞이

젊은 꿈이 땀 흘리고 솟은 오름 밟고서면
한낮의 뜨거움이 키 세워 덤벼들어
숨 가쁜 침통더위에 부싯돌을 그어댄다

휘둘린 세월너머 뼈만 남은 구상나무
펼쳐진 조릿대에 뿌리까지 내맡기고
다 사윈 가지라 해도 새순 돋게 하려나

발 없이도 조각구름 온 세상을 다 가는데
키 낮춘 산 수국과 술패랭이꽃 마타리꽃
햇살을 다 끌어안고 꼼짝 않고 눈길 끈다

숨겨진 산 찾아 나선 길

산길이 끝나가는 지점까지 걸었는데
요란하게 울어대는 매미소리 징 하다
저렇듯 몸서리치게 살아남은 소리에

지나는 사람마다 홍복산*을 묻겠다며
허기를 라면으로 밀어 넣고 쫓아가다
몇 번 씩 헛걸음쳐서 숨이 턱턱 막힌다

변덕스런 날씨에 더디기만 한 발걸음
노새처럼 묵묵히 견디고 올라보니
덜렁 선 송수신 탑에 구름 한 점 걸렸다

*홍복산: 의정부시 입석마을과 양주시에 걸쳐있는 산

그 여름, 산허리를 떠돌다

　원시의 바람소리 깊어진 길을 묻고 짙푸른
외길 속에 잔기침 깔딱이는 새 기척을 알게
하려나 풍경이 움찔한다

　반나절 땀 절은 어깨로 숨을 쉬며 싱싱한
들풀 위에 엉덩이를 내려놓고 하늘을 들여
마시면 구름도 넘어 온다

　목마름을 해결하고 그늘 아래 숨어들어
바람 한 줄 잡고 앉아 허공에 흘려 쓴 시
산 까치 날아오르며 깃털 하나 떨구었다

　숲 안에 들고서야 넉넉하게 내준 산에
나무와 풀꽃과 새들의 말을 알아듣고
몸 낮춰 부둥키고서 숨결을 갈았혔다

재개발지역 새들은

잃을 것, 얻을 것도 하나 없는 낡은 집에
풀잎에 날개 접고 이슬 덮던 빈 몸뚱이
센 입의 사마귀처럼 굴삭기를 노려본다

허물어진 벽에 기대 헛웃음을 날린다
먼 데서 까마귀 한 마리 빙빙 돈다
새들의 놀이터이던 감나무가 넘어졌다

숭숭 뚫린 담벼락에 담쟁이도 몸져눕고
저 붉은 구름 한 채 그늘을 빌려 다오
계절도 없이 울어줄 새 하나 없는 빈 집

인사동 비둘기

사람 곁 못 떠나는 외다리의 저 비둘기
어제의 짝이었던 비둘기가 쪼아대어
제 자리 지켜보려고
겁먹어서 맴 돈다

어쩌다 다쳤는지 제대로 서지 못해
망가진 그 후부터 저렇게 자꾸 쫓겨
떠나고 싶지 않아도
버텨내기 힘든 게

바람에 휘청대며 먼 곳을 쳐다보고
무엇을 궁리하다 기울어진 몸을 떤다
미물도 다를 바 없다
목숨 하나 어쩌나

말차 한 잔

솔바람에 헹구어서
고운 빛 우려내어

한 모금 입에 물면
오묘하고 싱그럽고

초록빛 아름다운데
그 맛 또한 향기롭다

너무 먼 사랑이거나 그리움 같은

지금 막 접시꽃이 땅에 뚝뚝 떨어졌다

햇빛을 마시고 지쳐가는 쭈그러진 향기처럼 한 잎 두
잎 떨어져 나와 생기를 잃어가고 저물어가는 고요가 마
지막 그리움일 때 움츠린 꽃을 탐하고 머뭇거리다가

서서히 세상 밖으로 동경이 사라졌다

밤 비

가로등 불빛 속을 줄지어 빗금 칠 때
우산을 꼭 잡은 채 구부리고 걷다보면
온몸은 빗물을 쓰고 내 몸도 휘어졌다

눈 뜰 새 없이 마디 굵은 빗방울에
속곳까지 흠씬 젖어 물 버들 늘어지듯
걸친 옷 무거워져서 머뭇머뭇 서 있다

아주 잠깐 비가 멎어 얼마큼 걸었을 때
파고들지 못한 풀뿌리가 떠내려 와
발가락 튀어나온 듯 삐죽이 내밀었다

그때도 알았더라면

바람이 부는 대로 안개가 올라갔다

수풀과 수목들은 안개에 싸여 몸을 떤다. 꽃물결 스치는 바람결에 되살아나는 청춘의 한 때가 추억에 갇혀 있어서 온갖 아름다운 색의 종이 낱장같이 날려간다. 언젠가 꿈꾸어왔던 꽃으로 덮인 봄의 언덕 못 잊어 아무 흠결도 없던 순결한 영혼이 그립다. 다시 한 번 돌아간다면 얼마나 좋을 가요? 내가 바라는 길마다 밀림 같은 휴지통에 버려진 한 장 같이 똑바로 펼쳐보지 못한 꿈 허방을 딛는 순간들로 무너져 내렸다. 눈물 한 방울까지 울먹이는 삶을 아프게 하는 잘못 살아온 나를 온전히 볼 수 없어 돌처럼 굳은 가슴 치며 고개를 들지 못하고서 무릎에 쥐가 나게 꿇어 허리가 뒤틀렸다. 태어나지 아니하고 인생이 아니었다면,

떨리게 부끄러워서 땅바닥을 짚었다

3부

바람길 한 발 뒤에서

단풍

어제엔 가득하게 울긋불긋 멍들이고

바람 맞아 아픔으로 잎잎이 서러워서

그리움 식히기까지 외돌아져 흐느낀다

저리 고운 왕들의 놀이동산*

펼쳐진 나뭇잎에 뒤범벅된 숨소리들
쨍쨍히 달구어져 눈시울 붉혔었나?
속 깊은 아픈 몸부림 지켜낸 우수의 숲
바람의 헹가래에 저려 드는 멍든 숲이
갖가지 비밀한 말 선명히 새겨놓고

혀끝에 얼버무리는
魔酒를 마신, 용들

*왕들의 놀이동산: 창덕궁 후원

덕수궁 돌담길

늦가을 짧은 햇살 천천히 내려 앉아
헐거워진 나뭇가지 어둠에 자라날 때
바닥을 쪼던 새들도 가난을 살고 있다

색소폰 연주는 어둡도록 땅에 깔리고
옷 주머니 안에서 만지작대던 지폐를
모른 척 지나가려다 바구니에 던졌다

바람은 가로수를 흔들어 잎을 날리고
움츠린 어깨 위에 십일월이 얹히었다
좇기 듯 돌담을 돌면 허기가 몰려오고

틈

바람이 지나면서 제멋대로 드나 드네

새들도 깃들어서 세상일을 엿 본다네

한 줄기 엷은 햇볕도 바위틈을 비집네

소나무와 왈츠를 추다

한 줄기 부채바람 누운 나무 일으키니

다투어 바람소리 새소리 끼어들어

흰 구름 푸른 소나무 바람에 뒤집혀서

석양이 솔기 풀어 끌어안지 않았어도

온 산을 무대삼아 뜨겁게 흔들릴 때

눈부심 나무 키 돈다, 푸름을 펼치더니

바람길 한 발 뒤에서

날마다 가슴 열어
발자국을 셈 합니다

목이 긴 애탐만큼 할 말이 없어지면

바람길
한 발 뒤에서
그리울 뿐입니다

남은 시간

끝까지 가겠다며
당당한 척
길을 열어

수많은 헛발질에
발가락이 앓는 날은

까짓거,
쉬었다 가지
어딘가 중간쯤에

사랑을 마셔요

혀끝으로 하트를 휘저으며 마신다
두 손으로 받들어야 심장이 녹을 텐데
사르르 감칠 듯한데
그저 뜨겁기만 하다

스틱설탕 두 개를 타서 조금 마신다
갈망을 풀어 놓아 퍼지는 몸의 온기
거품을 묻힌 입술이
귀밑까지 올라간다

꽃 차

국화꽃
우려내어
찻잔을 앞에 놓고

하늘에 구름 놀 듯
꽃향기에 떠간다

눈 감고
마음속으로
낚아 올린 시어 한 잎

새가 날아간 서쪽

작은 새 한 마리가 그네 타고 혼자 놀다

어디로 가는지도 모르고 날고 있다

배고픈 슬픔을 두고 그리움을 좇아간다

다시는 돌아오지 못할 날개를 접고

그림자도 무릎 꿇고 쓸쓸히 사라진

수평선 너머 넘치는 저녁노을 울고 있다

무너지는 마음

살면서 부대껴도 들풀처럼 일어나서 살아내려고 정신줄 놓지 않고 이 악물고 집 나서던 날일수록 부딪치면 더 아프다

머리 위에 내린 눈은 입김 보다 가볍다 초라한 매무새에 검은 구름 물을 쏟아 적시는 소낙비에도 근심소리 고인다

욕심이 눈을 뜨고 등 굽은 걸음으로 번잡이 움직이다 얼결에 벤 풀 위에 주저앉아 머리칼 한 올씩 거머쥐고 무참히 뽑고 있다

담쟁이

온갖 것
부여잡고
전전긍긍 애를 써도

벽이든
나무이든
발붙일 데 하나 없다

푸르던
꿈 가득 담아
닿기를 바라기에

재채기

표정을 잃어버린 꽉 다문 지하철 안
화들짝 놀라면서 눈총이 발사 된다
미동도 없이 튕겨진
미사일 콕 박혔지

흩어진 시선들이 손잡이에 걸린 건지
더러는 휘청대며 어깻죽지 올라 간다
자꾸만 간질거리는
마스크 속 콧구멍

우두커니

온 산은
비었는데
산 오르는 중간쯤에

사람은
뵈지 않고
이정표만 서 있을 뿐

힘겨운
산 그림자가
앞길을 물어 보네

추억이 소란하다

나이 먹은 친구들이 철새처럼 모여들어
사소하고 미약한 지난날들 떠올리며
가벼운 위로의 말로 모두 거듭 살핀다

꼭 하고 싶은 말은 수초처럼 떠가고
헤어질 땐 한결같게 서로 손을 쥐어주고
지하철 자리가 비면 바라보고 웃는다

기우뚱할 때마다 땅 심을 뒤흔드는
지하철 소리처럼 웅얼대다 끊겼다가
한 달 후 만나자는 말 눈빛으로 보낸다

산길

푸른 숲
새소리가 눈과 귀를 꼬드겨도

돌아 갈
길이 멀어 발걸음 바빠지고

먼데로
눈길을 주니
사방 산에 막혔다

들깨 향 같은 사람이 좋다

소나무 숲에 들면 소나무 향이 좋고
가을의 들깨 향은 들녘까지 배어들어
비바람 다 맞으면서 그윽함을 풍긴다

깨 볶는 기다림이 수다만큼 두런두런
더 많이 볶을수록 들기름이 맛있다니
노랗게 진한 한 방울 식탁이 고소하다

나무의 사이

가는 길 혼자여도
홀로 걷지
아니 한다

발자국 잦비듬히 드러나진 아니해도

다녀간
햇살을 밟고
어깨를 추스른다

흔들렸던 곳에서

어디를 바라봐도 어스름한 빛에 가려
닿을 수 없이 높이 저녁놀 멀어질 때
마음은 점차 시들해
어수선한 시름이다

나를 잃어 모습은 볼 품 없이 구부정히
고독한 몸짓은 불안에 휘 둘린다
초라한 외로움조차 알 수 없는 거라고

생각에 잠겨들어 검은 숲에 이르면
억새풀 일어서서 먼 기억을 붙잡고
누구의 영혼을 위해
소리 없는 울음 운다

긴 목이 되어가는 꿈

대문도 없는 집에
허공을 가득 채운
빨갛게 익은 감에 저녁노을 덮어올 때
긴 목이 되어가는 꿈 뻗친 손을 거두고

장대를 이어 붙여 까치발로 매달려서
후리 쳐 상처 난 게 흥건히 피 빛이다
시들은 가슴팍 터져 홍시 같이 뭉개지고

햇살에 눈부셨던
바람개비 움켜쥐고
당기고 밀어가며 돌부리도 비켜가며
맨 발로 중심을 잃어 지름길 찾는 시간

구름 위에 올라 앉아서

걸어가다 뛰다가
허공을 날아가서

숨 한번 내어 쉬어
한 순간의 떨림이여

시간은
빛을 등지고 기어이 가버리나

불어오는 바람 속
안개만 자욱한데

구름 위에 올라 앉아
어디를 보고 있나

쏟아낼
눈물 다 비운 그림자 멀어 진다

저쯤의 거리

무작정 어느 낯선 골목을 들어설 때
불빛이 새어 나온 창문 앞에 멈춰 진다
커튼이 내려진 창이
문빗장 같이 버겁다

길가의 단풍나무 불빛에 춤을 추고
차가운 별무리는 가슴을 기웃 댄다
손 모아 간절해지는
시간이 재촉하고

반겨주지 않겠지, 그냥 지나가야겠지
떨면서 선 자리 이리저리 거닐 때
창문이 순간 환해져 우아하게 돌아 선다

4부

저마다
하늘을 봐

눈 오는 아침에

창밖을
내다보니
녹지 않고 눈이 쌓여
약속을
미뤄 볼까
생각이 춤을 춘다

마음이 움츠러들어
메시지나 보낼까

은빛 세상

눈이랑 가지런한 눈이 부신 산마루 길
발자국을 남기며 맑고 찬 눈바람에
마음을 걷잡지 못해 눈시울이 감겨요

파란빛 하늘 가득 흰 구름도 넘쳐나고
늘어선 겨울나무 얼어가는 가지 끝을
햇살이 어루만지니 눈꽃송이 떨려요

애틋한 여린 빛이 발끝에도 머무는데
그늘진 나무 사이 솟구치는 흰 눈가루
근심을 몰고 하늘로 아득하게 날려요

바람 타는 눈꽃

수많은 요정들이

가락을 흘리면서

어여삐

하롱하롱

품속으로 들어와요

새벽을
환희 앞당겨

감춰둔 봄 들춰요

맛깔스런 시처럼

땅속에 뿌리내려 해와 비를 머금더니
온기를 감싸 안고 넓어져서 와삭거려
찬 서리 덮치기 전에
동여매는 시린 마음

찬바람 등을 밀어 김장하는 날 받아서
수다도 한 몫 끼워 너도나도 바쁜 손길
빨갛게 양념 꽃피워
사랑도 버무리고

섣달그믐 희뿌연 시간을 견뎌내며
한동안 시름없이 봄꿈을 꾸노라면
곰삭는 맛 길 따라와
문풍지에 멎는 바람

눈 나무

휘감긴
가지마다
눈꽃이 흐벅지다

저렇듯
넉넉히도
온 누리 흰 설렘

서로가
서로를 품고
속닥대는 숨소리

골다공증

아픔이 사무쳐서 다친 줄 몰랐는데

걸음을 멈추어서 부어오른 무릎으로

기어도 삐걱거리는 세월 딛는 신음소리

바람 든 나무는 다 아는데 무디게도

뒷짐 진 생채기는 옹이로 뭉치어서

서로의 몸을 긁으며 휘어지는 무거움

금이빨 돈 되네

사나흘 죽 한술도 못 드셨다 한숨소리

금이빨 빼다 팔아 소원하던 임플란트

잇몸에 대못을 치고 말 못하는 속 앓다

하루하루가 삶인 거구나

추위를 이어가는 서리꽃이 필 즈음에
한 해가 가고오고 검불 같이 불려가서
바람이 낳은 시간은 발도 없이 날려가네

안개가 앞을 가려 몇 번의 눈 깜짝임
저렇듯 지쳐 누운 지붕 위의 풀들처럼
뿌리를 흩뜨려 두고 시듦을 어찌하나

생이여 사랑이여 많은 날을 품으려도
꽃 지고 떨어뜨려 향기를 다하는 날
푸르던 꿈을 묻고서 썩혀지는 흙 꽃 이리

허공에 풀어놓은 이름

하늘에 닿고 싶어
한쪽만 해바라기

정갈한 노란 얼굴 앏고 가는 해를 본다

다가가
그리움이라
불러보고 싶은데

구름 잡기

구름길
못다 익혀
거친 호흡 지쳐가고

더러는
바람 앞에
꿈을 품고 뒹굴다가

태어나
얽매임 없이 달렸건만
그 자리

환상

하늘과 하늘들의 낯 설은 아름다움
생각할 겨를 없이 조각구름 올라서면
느리게 아주 천천히 시리도록 밟히네

희뿌연 골짜기에 흰 옷 입은 자작나무
태양은 떠올라서 금빛으로 찰랑대고
삼림을 말갛게 하여 흔들어서 춤추네

어여쁜 새 떼 모여 다정하게 노래 불러
해와 달과 많은 별 몽롱하게 보일 때
미래를 모르는 채로 노을 강에 입 맞추네

어느 사이엔가

폭염에 자지러져

목 굽은 해바라기

배고픈 새가 와서 눈치 없이 쪼아대어

뒤통수 훤히 빠져서

구부정히 낮춘 몸

백양나무숲에 이는 바람

이 산 너머 저산 마루 고요를 밟아가며
마음은 바빠지고 걸음은 느려지고
바람이 뒤집는 대로 추위에 웅크린다

잎 떨친 백양나무 싸늘한 골짜기로
붙들어 둘 겨를 없이 새들이 날아가고
낙엽이 밟힐 때마다 가슴이 뻐근하다

경쟁에서 살아남은 수목들이 제각각
습기에 가득차서 견딤을 애쓰다가
푸름을 다 놓아버려 버석 이는 숨결들

나무에도 못 대고 돌에도 못 대는 맘
하늘만 바라보듯 믿었던 때가 그립다
여전히 멀리 있지만 바람은 불고 있다

저마다 하늘을 봐

창을 열면 먼 하늘 걸린 구름 다가온다
허공에 알 수 없는
바다 같은 군데군데
한바탕 바람 스쳐간 자리마다 길이 된다

그리운 얼굴들이 뭉게뭉게 풀어진다
만질 수도 없는 하늘
어디엔가 띄워보는
손 모아 간절해지는 또 하루가 아슬하다

구겨진 하루해가 작은 틈을 지나갈 때
쪼그려 핀 민들레
우주로 흩어진다
저마다 하늘 한곳에 마법의 성 쌓는다

눈먼 신호등

햇살이 옮겨가며 지치도록 비벼놓아
제 빛깔 다 태우고 옹이 진 숨결 남아
뜨겁게 바라던 꿈을 허공에 걸어놓고

빨간불 파란불에 집중하다 다리 풀려
그냥 왔다 그냥가도 세월 벌써 아득해져
태연한 척 고갤 숙여 고독을 치장 한다

눈에 익은 모습들은 더께 끼고 눅눅한데
헛발을 옮겨가도 멈출 수도 없는 것을
한 해는 가고 말겠지, 보내는 것이 싫다

동행

먹살 잡는 억센 바람 눈앞이 핑 돌았다

온몸을 웅크린 채 큰 나무에 기대어
길 덮은 눈보라 속에 내려앉는 한숨소리

이런 날 산행이라
겨울 숲에 불씨 같은
본심을 내보이고 싶지 않아 슬그머니
앞서간 발자국 따라
헛웃음을 밟았다

찌푸리고 머뭇대며 속으로 태운 시간

얄팍한 이기심이 발목 잡던 잠시나마
변하는 바람 따라서 내 마음도 휘둘렸다

푸른 기도

푸르른 솔잎 위에 달라붙어 휘어진 눈 다발

커다란 폭풍이 계곡을 휘젓고 불어 닥쳐 수많은 빛 가시 한가운데서 눈 따갑게 눈바람이 허리 감아 서늘히 흩뿌릴 때 돌아다 본 발자국에 얼음조각이 찍혀 나온다

하루가 천년 같아서 푸른 숨결 높아진다

다만 설렘이었지만

알아도 모르는 척
눌러온 느낌인데

스치듯 지나가며 재빠른 귀엣말에

남몰래 설레 이었다
어느 정도 이끌렸나

속내는 모르겠고
그 말이 귀에 꽂혀

아주 짧은 순간에 느닷없는 일인데도

도저히 미묘하지만
정녕 싫지 않았다

주목나무에 핀 우정

부서지고 날아간 낯선 얼굴 살펴가며
슬그머니 마주앉아 닫혀있던 맘 나눌까
먼 기억 없는 모습들 수군대는 자리에서

눈치껏 알아가는 그 틈에 끼인 인연
옛정이 그리워서 아는 척 머뭇대니
마음이 닿았던 걸까 부끄러움 없어지고

추억도 함께 녹는 입담이 길어지면
눈보다 아름다운 미소 속에 피는 우정
태백산 주목나무들 세월만큼 오래 보자

여행의 맛

온밤을 달려가면 기꺼이 맞이하는
발가벗은 선바위 꼭대기에 비추던
아침 해
황홀히 퍼져
금빛의 출렁거림

밤과 낮이 바뀌고 마주한 뜨거움이
하루를 안아 품고 서서히 빠져들어
백룡담
푸른 물속은
경이로움 차고 넘쳐

액체 같은 햇살이 수면 위를 휘저을 때
저 바람 파고들어 시리게 흔들리며
태화강
십리 대밭이
용암정을 기웃 댄다

겨울비

봄 아직 먼데 높이 여윈 가지 움켜쥐고
한사코 떨어지지 않으려던 빗방울이
견디다 못해 기어이
눈물 한 점 떨군다

산다는 게 그런 걸까
온몸 다해 버티다가
한 잎에도 못 앉아서 바람에 사라져 갈
한자리 지키지 못한
사랑이 그런 걸까

눈물도 빗소리에 미어져 애를 끓고
모든 걸 내려나도 언 가슴 안 풀려서
속내를 들려다보며
갇혀버린 마음 감옥

다대포

무작정 다대포로 달려와서 새해맞이
어둠을 벗겨내는 뱃고동 시계 맞춰
달콤한 새벽 잠결을 짓부릅떠 기지개

시끌벅적 해돋이 삼키는 파도소리
모래펄을 적시는 잔물결 철석대고
붉은 해 용광로처럼 끓어 넘쳐 퍼져간다

힘들었지! 가슴을 여며 안고 다독이며
시작의 날 경건히 붉은 하늘 올린 소망
남루를 바꾸어주는 바다에서 새 출발

『초록의 뜰』이 초대한 내밀한 서정 세계

이정환
(시인, 사단법인 한국시조시인협회 이사장)

1. 천착과 궁구

김수연 시인은 이번 시조집『초록의 뜰』에서 서정의 본질에 다가가는 목소리를 내고 있다. 몇 편만 읽어보아도 그는 천상시인이라는 것을 직감한다. 그만큼 창작에 전념하면서 최후의 한 편을 위해 고뇌를 거듭하고 있는 것이다.

시인은 밤낮으로 써야 한다. 쓰지 않으면 견디지 못하는 존재가 시인이니까. 그러한 철저한 자각으로부터 비롯된 시업의 길이 오늘의 그를 있게 하였을 것이다. 그는 심연의 심연까지 내려가 보았을 것이다. 사는 것이 쓰는 것임을 일찍이 알아차렸을 것이다. 그래서 항상 글 앞에서 좌정한다. 글쓰기가 인생을 얼마나 윤택하게 하는지 그는 그 누구보다 잘 알고 있기 때문이다.

김수연 시인은 겨울나무의 숨과 구애하는 새들의 노

랫소리와 풀과 꽃들의 향기를 어루만지는 바람에게서 위로를 받았던 순간들에 이끌려 자신의 인생을 노래하고 있다. 모두 4부로 구성된 시조집『초록의 뜰』은 단시조 31편, 두 수 연시조 23편, 세 수 연시조 21편, 네 수 연시조 4편과 사설형태의 시조가 4편으로 수록작이 총 88편이다. 전체적인 시편을 볼 때 단시조 비중이 크다.

끊어진 거미줄에 매달린 별의 눈물

휘모리장단으로 아무리 흔들어도

허공을 움켜쥔 채로 우주여행 몸짓이다
                          -「이슬 한 방울」 전문

풀잎에
꽃핀 듯이 둘러앉은
이슬방울

한사코 달라붙어 풀꽃에 눈 맞추고

힘겹게
떼어낼수록
껴안고 한 몸이라고
                     -「저토록 차고 넘치도록」 전문

「이슬 한 방울」이 보여주는 세계는 명징하다. 순결한 아름다움이 이 단시조 한 수에서 말할 수 없이 아름답게 구현되고 있다. 초장 '끊어진 거미줄에 매달린 별의 눈물'이라는 은유는 참신하다. 눈길을 단번에 사로잡는다. 은유의 극치라고 보아도 좋겠다. 그렇기에 '별의 눈물'은 '휘모리장단으로 아무리 흔들어도' 결코 흔들림 없이 끝까지 자존을 지킨다. 즉 '허공을 움켜쥔 채로 우주여행 몸짓'을 계속 이어가고 있는 것이다. 그 누가, 그 어떤 힘이 순수성의 미학적 결집인 '별의 눈물'인 '이슬 한 방울'을 다치게 할 수가 있겠는가? '이슬 한 방울'의 고고한 영혼을 어찌 함부로 할 수 있겠는가? 「이슬 한 방울」은 그러한 세계가 현현된 이상향이자 정신의 한 극점이다.

　「저토록 차고 넘치도록」에도 「이슬 한 방울」에서처럼 이슬 이미지가 등장한다. 화자는 독자로 하여금 '풀잎에/꽂핀 듯이 둘러앉은/이슬방울'을 주목하도록 만든다. 왜 그러한가? 그 이슬이 '한사코 달라붙어 풀꽃에 눈 맞추'면서 '힘겹게/떼어낼수록/껴안고 한 몸이라고' 애써 말하고 있기 때문이다. 풀잎과 이슬은 별개의 사물이다. 그렇지만 어느 순간 찾아온 이슬방울은 풀잎에 달라붙어 떨어질 줄을 모른다. 풀잎의 의지와는 전혀 상관없이 그러한 열렬한 사랑을 풀잎에게 쏟고 있는 것이다. 그런 이슬방울의 마음을 풀잎도 거부하지 않는다. 그러므로 둘은 한 몸을 이루고 있는 것이다. 스스럼없

이 하나의 생명으로 한 호흡을 하고 있는 것이다. 화자
는 그러한 미적 정황을 제시하면서 삶의 아름다움과 깊
이가 어떠한 것인지를 일깨우고 있다.

남다른 천착과 궁구로 얻어낸 가편들이다.

그는 「이슬의 무게」에서 '입술 열고 봄비를 마시려는
초록의 혀'라는 참신한 비유의 한 대목을 보여준다. 예
사로운 눈길과 감각이 아니다.

2. 자연 서정과 꽃의 다양한 변주

목 빼어 창밖으로 온몸 가득
봄볕 쬐면

봄바람 시새움에
속눈썹이 떨려오네

초록을
숨 쉬고 오는
노래하는 소리를

-「꽃 마중」 전문

봄 짓는
바람소리

활짝 여는 봄 까치꽃

오종종한
연푸른
꽃 바닥을 드러내고

파르르
움츠리고서
사랑스레 몸을 꼰다

                        -「봄이 오나」전문

사나흘 덜컹대며
봄소식
쥐고 온 손

종을 치고 흔들어 난장판이 따로 없네

한바탕
간드러지게
깔깔대는 춤사위

                    -「히어리 피었어요」전문

113

「꽃 마중」에서 화자는 '목 빼어 창밖으로 온몸 가득/봄볕 쬐'는 일을 자청한다. 그만큼 봄이 찾아온 것이 더할 나위 없이 좋기 때문이다. 그러므로 꽃 마중은 봄 마중이다. '봄바람 시새움에/속눈썹이 떨려오'더라도 봄은 이미 봄이다. '초록을/숨 쉬고 오는/노래하는 소리'가 이미 귓전에 울려오고 있기에 그러하다. 순전한 마음이 고스란히 전해져온다.

「봄이 오나」라는 제목은 동심이다. 반가운 마음이 배어 있다. '봄 짓는/바람소리/활짝 여는 봄 까치꽃'이라는 초장에 봄의 희열이 잔뜩 묻어난다. '오종종한/연푸른/꽃 바닥을 드러내고' 있는 것을 섬세하게 살핀다. 그래서 화자는 '파르르/움츠리고서/사랑스레 몸을 꼰다'라고 끝을 맺고 있다. 봄이 와서 견딜 수 없는 마음 끝에 불쑥 입에서 뱉은 말이 '몸을 꼰다'이다. 정말 누구든지 봄 앞에서 그럴 것 같다는 생각이 여실히 든다.

「히어리 피었어요」에서 '히어리'는 초록나무과 식물이다. 우리나라에서 처음 발견되었다고 한다. 화자는 히어리를 두고 '사나흘 덜컹대며/봄소식/쥐고 온 손'이라고 구체적인 장면을 제시한다. 그리고 히어리 꽃의 외양을 보고 '종을 치고 흔들어 난장판이 따로 없네'라고 꽃의 난장판 그 유별난 아름다움을 노래한다. 그것은 또 시각을 넘어 청각과 시각이 입체적으로 체현된 이미지인 '한바탕/간드러지게/깔깔대는 춤사위'로 형용을 하고 있다. 이채로운 개화에 대한 다채로운 찬사다.

114

이미 핀 꽃이야 시들게 마련이지

피다 말다 그 마저도
눈 뜨고 밟히는데

하물며 까닭도 없이 내 작은 꿈쯤이야
                              -「꽃이 진 자리」 전문

이슬이 차오르면 엎지르는 흰 날갯짓

슬플 때 얼굴처럼 외돌리는 젖은 연잎

갈증 난 목을 쳐들고 그리움을 삼킨다
                              -「꽃의 술잔」 전문

사방이 진흙탕 비 물에 잠긴 푸른 연잎

바람결 틈 사이로
사랑을 싹 틔워서

오롯이 뚫고 내밀다 가라앉아 버린 후에

그리움을 호흡하며

한 겹 한 겹 모두 열어

물 위로 떠올라서 누군가의 꽃이 된 날

천리 밖 끝에서라도 영혼 하 나 품었다
                            -「연꽃 몸살」전문

「꽃이 진 자리」는 개화 이후의 정경에 대한 감상의 일
단을 노래하고 있다. '이미 핀 꽃이야 시들게 마련이지'
라고 담담하게 낙화에 대해 말한다. 그렇다. 피지 않으면
질 일도 없을 터다. 그러나 피었기에 지는 순간을 맞을
수밖에 없으니 시드는 것에 대해 그리 한탄할 일이 아니
라는 마음도 느껴진다. 더구나 '피다 말다 그마저도/눈
뜨고 밟히는'것을 자주 보아왔기에 더욱 그런 것이다. 여
기까지는 꽃에대한 단상이다. 그러다가 종장에서 화자는
'나'를 떠올린다. 즉 '하물며 까닭도 없이 내 작은 꿈쯤
이야'라고 하면서 꽃 못지않게 내가 가진 작은 꿈쯤이야
더 말할 것이 없지 않느냐 하고 자탄을 하고 있다.

「꽃의 술잔」은 '이슬이 차오르면 엎지르는 흰 날갯짓'
을 바라보다가 '슬플 때 얼굴처럼 외돌리는 젖은 연잎'
을 눈앞으로 초대한다. 그 모습에서 '갈증 난 목을 쳐들
고 그리움을 삼'키는 것을 본다. 그러한 정황이 꽃의 술
잔으로 변주되고 있다. 이색적인 형상화다.

「연꽃 몸살」이 구현한 미적 질서는 정갈하다. '사방이 진흙탕 비 물에 잠긴 푸른 연잎//바람결 틈 사이로/사랑을 싹 틔워서//오롯이 뚫고 내밀다 가라앉아 버린 후에'라는 첫수는 깨끗하고 말쑥하다. 연잎의 드맑은 생명 미학을 잘 그리고 있다. 그리하여 연꽃은 '그리움을 호흡하며/한 겹 한 겹 모두 열어//물 위로 떠올라서 누군가의 꽃이 된'것이다. 홀로의 꽃이 아니라 신비로운 어떤 인물의 꽃이 된 것이다. 그렇기에 화자는 '천리 밖 끝에서라도 영혼 하 나 품었다'라고 또렷이 진술하고 있는 것이다. 비단 천리이기만 하랴. 수만리 밖이어도 가능한 일이었을 것이다.

달싹대는 여린 잎에 꽃망울 매달고서

시리게 떨고 있는 푸른 꽃 눈뜸이여

향기도 앗아간 허공 시리게 피어간다

시들어 굳어가는 물비늘 이끼처럼

찡그려 날개 접고 오므리는 아픔이여

부서진 아름다움을 바람이 쓸어간다
                              –「바람으로 쓴다」 전문

이렇게
옮겨 심은
풀꽃의 몸짓으로

사막이든 초원이든 가릴 것 없는 자리

울음을 다져 심어서
뿌리내린 꽃이요

못 본 척 지나가요
발걸음 소리 겁내

바람이 피운 꽃은 나비 쫓아 따라가고

꿀벌도
졸다 떠나간
한숨 젖은 꽃이요
                    -「누구의 꽃도 되지 못하고」 전문

「바람으로 쓴다」는 애달게 읽힌다. '달싹대는 여린 잎
에 꽃망울 매달고서//시리게 떨고 있는 푸른 꽃 눈뜸이
여'라는 감탄조의 간절한 표현을 통해 그러한 정조를 실
감한다. 그래서 첫 수 종장은 '향기도 앗아간 허공 시리

게 피어간다'이다. 둘째 수도 '시들어 굳어가는 물비늘 이끼처럼//찡그려 날개 접고 오므리는 아픔이여'라고 같은 흐름을 이어간다. 탄식조 그대로 아픔이 깊게 배어 있다. 결국 '부서진 아름다움을 바람이 쓸어'가버리고야 만다. 이 대목에서 '부서진 아름다움'이라는 구절을 주목할 필요가 있다. 비록 부서졌지만 부서진 채로도 '아름다움'이라는 수식을 굳이 하고 있는 것은 낙화에 대한 화자의 예의다. 진 꽃에 대한 무한한 애정의 발현이다.

「누구의 꽃도 되지 못하고」는 눈길을 끈다. '이렇게/옮겨 심은/풀꽃의 몸짓으로//사막이든 초원이든 가릴 것 없는 자리'라고 하다가 '울음을 다져 심어서/뿌리내린 꽃'이라는 종장을 만났기 때문이다. 세상에 어떤 꽃이 울음을 다져 심었을까? 아닐 성 싶다. 그 어떤 꽃이든 예외 없이 모두 울음을 다져 심지 않았으랴? 둘째 수는 아프게 끝을 맺는다. '못 본 척 지나가요/발걸음 소리 겁내//바람이 피운 꽃은 나비 쫓아 따라가고//꿀벌도/졸다 떠나간/한숨 젖은 꽃'이 되어버렸다는 것이다. 제목 「누구의 꽃도 되지 못하고」에서 명확히 읽은 그대로의 슬픈 정황이다.

3. 구름 구두 신고 나선 구름 속의 산책

문득 '구름 속의 산책'이라는 영화가 생각난다. 김수연 시인의 구름 관련 시조가 오래 전 영화를 아련히 상

기시키고 있다.

시린 발
휘우듬히
구름 속을 걸어 나와

떠밀려 어긋나던 한 생애 거닐다가

허공에
발버둥치는
번개에 접질린 발
                    -「구름 구두」 전문

구름길
못다 익혀
거친 호흡 지쳐가고

더러는
바람 앞에
꿈을 품고 뒹굴다가

태어나
얽매임 없이 달렸건만

그 자리
-「구름 잡기」 전문

걸어가다 뛰다가
허공을 날아가서

숨 한번 내어 쉬어
한순간의 떨림이여

시간은
빛을 등지고 기어이 가버리나

불어오는 바람 속
안개만 자욱한데

구름 위에 올라 앉아
어디를 보고 있나

쏟아낼
눈물 다 비운 그림자 멀어 진다
-「구름 위에 올라 앉아서」 전문

「구름 구두」는 판타지아 제목이다. 사람이 공중에 떠서 살 수는 없는 법이다. 그러나 상상의 전문가인 시인은 그것이 가능하다. 그래서 화자는 '시린 발/휘우듬히/구름 속을 걸어 나와//떠밀려 어긋나던 한 생애 거닐다가//허공에/발버둥치는/번개에 접질린 발'이라는 구름 구두를 신은 발이 겪는 정황을 실감실정으로 그려낸다. 인생은 자신의 의도와는 상관없이 떠밀려 어긋나곤 하기를 그 어디 한두 번이었던가? 허공과 같은 공간에서 발버둥 치다가 뜻하지 않은 번개를 만나 발이 접질리기도 여러 번 했을 것이다. 그만큼 인생은 지난한 까닭에.

「구름 잡기」는 '구름길/못다 익혀/거친 호흡 지쳐가고//더러는/바람 앞에/꿈을 품고 뒹굴다가//태어나/얽매임 없이 달렸건만/그 자리'라는 고백을 통해 여실히 알 수 있듯이 얽매임 없이 경주했지만 흡사 제자리 뛰기처럼 그 자리라는 것이다. 그것은 구름을 잡고자하는 것과 다름이 없다. 바람 속에서 일어난 일이기에 마음먹은 대로 할 수 없었던 것이다.

이번에는 「구름 위에 올라 앉아서」이다. '걸어가다 뛰다가/허공을 날아가서/숨 한번 내어 쉬어/한 순간의 떨림이여'라고 읊조리다가 '시간은/빛을 등지고 기어이 가버리'는 것을 목도한다. 유한의 생명체가 맞닥뜨리게 되는 한계의식이다. '불어오는 바람 속/안개만 자욱한데//구름 위에 올라 앉아/어디를 보고 있나'라고 화자는 묻고 있다. 어디를 보아야 길이 열리게 되는 것일까? 애초부터 그것은 불가능한 일이었을 것이다. 그리하여 '쏟아낼/눈물 다 비운 그림자 멀어 진다'라는 진술로 끝을 맺는다. 누구나 구름 위에 올라 앉아서 무언가를 도모하고자 하는 마음을 가질 수 있다. 이 일을 무조건 허황된 소리, 허황한 공상이라고 치부할 수만은 없는 일이다. 인생은 때로 뜬구름을 잡는 일이기도 하기 때문이다.

4. 틈의 설렘을 통한 존재론적 성찰

바람이 지나면서 제멋대로 드나드네

새들도 깃들어서 세상일을 엿본다네

한 줄기 엷은 햇볕도 바위틈을 비집네

-「틈」 전문

끝까지 가겠다며
당당한 척
길을 열어

수많은 헛발질에
발가락이 앓는 날은

까짓거,

쉬었다 가지
어딘가 중간쯤에
-「남은 시간」 전문

알아도 모르는 척
눌러온 느낌인데

스치듯 지나가며 재빠른 귀엣말에

남몰래 설레이었다
어느 정도 이끌렸나

속내는 모르겠고
그 말이 귀에 꽂혀

아주 짧은 순간에 느닷없는 일인데도

도저히 미묘하지만
정녕 싫지 않았다
-「다만 설렘이었지만」 전문

「틈」은 삶의 경계 사이의 정황을 바라보고 있다. 경우
는 세 가지다. '바람이 지나면서 제멋대로 드나드'는 틈

과 '새들도 깃들어서 세상일을 엿'보는 틈, '한 줄기 엷은 햇볕도 바위틈을 비집'는 틈이다. 그러한 세 틈의 장면을 제시하는 것으로 끝을 맺었지만 정작 화자의 의도는 드러내고 있지 않다. 그렇지만 의도하는 바가 없는 것은 아니다. 숨기고 있는 것이다. 틈을 바라보는 화자는 여러 가지 틈이 있는 인생살이에 대해 말하고자 했을 것이다. 틈은 하나의 설렘으로 읽어도 되겠다. 그 설렘에 대해 어떠한 태도를 가져야 할 지를 은연중 말하고 있기 때문이다.

「남은 시간」은 몹시도 저미어드는 노래다. '끝까지 가겠다며/당당한 척/길을 열어'가다가 '수많은 헛발질에/발가락이 앓는 날'을 겪다가 '까짓거,/쉬었다 가지/어딘가 중간쯤에'라고 말한다. 남은 시간이 얼마나 되는지 알 수 없지만 민감하여져서 서두르지는 않겠다는 의지를 보인다. 가다가 이따금 쉬었다 갈 수 있는 여유를 가져야 마땅할 것이다. 조급해 하다가는 도리어 일을 그르칠 수 있기 때문이다.

「다만 설렘이었지만」은 '알아도 모르는 척/눌러온 느낌인데//스치듯 지나가며 재빠른 귀엣말에//남몰래 설레이었다'라고 말한다. '어느 정도 이끌렸'는지는 잘 헤아릴 수 없지만. 그래서 '속내는 모르겠고/그 말이 귀에 꽂혀//아주 짧은 순간에 느닷없는 일인데도//도저히 미묘하지만/정녕 싫지 않았다'라는 솔직한 마음을 드러내고 있다. 이처럼 인생살이는 미묘한 것이고 관계는 설렘과 더불어 묘한 감정의 파고를 일으키면서 살아간다.

「다만 설렘이었지만」은 어쩌면 틈과도 같은 설렘이 인생을 견인하는 힘일지도 모른다는 생각이 들게 하는 시편이다.

소나무 숲에 들면 소나무 향이 좋고
가을의 들깨 향은 들녘까지 배어들어
비바람 다 맞으면서 그윽함을 풍긴다

깨 볶는 기다림이 수다만큼 두런두런
더 많이 볶을수록 들기름이 맛있다니
노랗게 진한 한 방울 식탁이 고소하다
                    -「들깨 향 같은 사람이 좋다」전문

가로등 불빛 속을 줄지어 빗금 칠 때
우산을 꼭 잡은 채 구부리고 걷다보면
온몸은 빗물을 쓰고 내 몸도 휘어졌다

눈 뜰 새 없이 마디 굵은 빗방울에
속곳까지 흠씬 젖어 물 버들 늘어지듯
걸친 옷 무거워져서 머뭇머뭇 서 있다

아주 잠깐 비가 멎어 얼마큼 걸었을 때
파고들지 못한 풀뿌리가 떠내려 와

발가락 튀어나온 듯 삐죽이 내밀었다
-「밤비」전문

「들깨 향 같은 사람이 좋다」는 진솔하다. 화려한 수사
가 없다. 솔직담백한 어조다. '소나무 숲에 들면 소나무
향이 좋고/가을의 들깨 향은 들녘까지 배어들어/비바람
다 맞으면서 그윽함을 풍긴다'라다가 '깨 볶는 기다림
이 수다만큼 두런두런/더 많이 볶을수록 들기름이 맛있
다니/노랗게 진한 한 방울 식탁이 고소하다'라고 끝맺는
다. 어쩌면 삶은 '깨 볶는 기다림'과 같다는 생각이 든다.
들녘까지 배어든 들깨 향은 사람의 몸속으로 들어와 그
윽함을 풍기므로 삶은 더욱 윤택해지는 것이다.
「밤비」는 소박한 상념을 전개하고 있다. 밤비 내리
는 정황을 담담하게 들려준다. '가로등 불빛 속을 줄지
어 빗금 칠 때/우산을 꼭 잡은 채 구부리고 걷다보면'이
라면서 '온몸은 빗물을 쓰고 내 몸도 휘어졌다'라고 몸
이 휘어진 상황을 제시해 보인다. 그다음도 자신이 처한
모습을 그대로 드러낸다. '눈 뜰 새 없이 마디 굵은 빗
방울에/속곳까지 흠씬 젖어 물 버들 늘어지듯/걸친 옷
무거워져서 머뭇머뭇 서 있다'이다. 특별한 변화가 있
는 것은 아니지만 둘째 수도 은근히 마음을 이끌어 당
긴다. 셋째 수에서는 다른 정황이 나타난다. '아주 잠깐
비가 멎어 얼마큼 걸었을 때/파고들지 못한 풀뿌리가
떠내려 와/발가락 튀어나온 듯 삐죽이 내밀었다'라고 화

자 자신의 이야기로부터 생존을 위해 갖은 노력을 다했지만 파고들지 못한 풀뿌리가 떠내려온 것에 주목을 하고 있다. 자신도 밤비를 맞아 힘든데도 위태로운 풀뿌리를 살피는 여유를 보인다. 그런데 그 모습이 '발가락 튀어나온 듯 삐죽이 내밀었다'라는 태연자약한 진술로 말미암아 아, 풀뿌리 이야기는 곧 화자 자신이기도 하구나 하는 생각에 이르게 된다. 그러고 보니 그러한 일련의 전개 과정은 꽤나 치밀하다. 담담하지만 의미심장하다. 시의 또 다른 모습을 보는 듯하다.

5. 『초록의 뜰』의 내밀한 세계

김수연 시인의 새 시조집 『초록의 뜰』이 초대한 결 고운 서정의 세계는 단순히 서정으로만 그치지 않고, 모던한 면모를 가지고 있으며 묘한 깊이를 보인다. 그가 이룩한 자연과 인생에 대한 적잖은 시편은 우리가 다 말할 수 없거나 깨닫지 못하거나 알 수 없는 비밀스러움이 함유되어 있다. 그리하여 미묘한 묘미를 맛보게 한다. 이것은 새로움을 향한 오랜 공정과 사색, 천착과 궁구 끝에 얻은 것이다.

초록의 뜰은 생명의 환희와 삶의 따뜻함, 눈물겨운 사랑이 어우러져 있는 교감의 공간이다. 그러므로 이 초록의 뜰은 앞으로도 잘 가꾸어져야 하고 많은 생물들이 상생을 꿈꾸는 곳으로 평온하게 유지되어야 한다. 그

속에서 시인도 또 다른 시조 세계를 부단히 펼쳐나가야 하기 때문이다.

『초록의 뜰』이 초대한 내밀한 서정세계에 박수갈채를 보낸다. 값진 적공의 결정체인 새 시조집 『초록의 뜰』 상재를 크게 축하하며, 남은 시간에 구애됨 없이 창작의 길을 어기차게 이어가시기를 빈다.

김수연 시인 연보

1948년 강원 태백 출생

1971년 신학대 졸업

1983년 수연꽃꽂이중앙회 회장

1986년 한·불 꽃꽂이작가 수료

1986년 초대 문교부장관 안호상 박사의 특별 공로상

1987년 한·일 꽃꽂이 교류전 공로상 수상

1988~1992년 세계 미스유니버시티 컨테스트 심사위원 역임

1988년 대한민국 사회교육 문화상 수상

1988년 국제연합 I.C.A 특별 공로상 수상

1989년 서울시 꽃의 날 꽃마음 대상 수상

1991년 일본화도 가현지방 이께노보 꽃꽂이 수료

1995년 월간 문학세계 시 부문 신인상 수상

1996년 대한민국 아카데미 특별공로상 수상

1996년 이화여자대학 꽃 예술 최고지도자 전문교육 이수

1997년 한국꽃꽂이협회 상임위원 역임

1999년~2002년 공주 산업대학 꽃꽂이 강사 역임

2009년~2012년 한국자격개발원 원장 역임

2016년 문화체육관광부 광명시 문화예술 발전기금 수혜

2016년 위대한 한국인 100인 대상 시문학혁신발전공로 대상 수상

2019년 사단법인 평생교육진흥연구회 계간 화백문학 시조 신인상 수상

2022년 현대계간문학 문학평론가 신인상 수상

2023년 문화체육관광부 한국예술복지재단 창작지원금 수혜

저서

1995년 수연꽃꽂이 작품집 2권 출간

1999년 전통 꽃꽂이 2권 출간

시집

1995년 네가 주는 사랑이 내게 감동이 아니고(한누리 미디어)

1996년 아득한 그리움으로 꿈에라도 만나고 싶다(천우)

2010년 길이 끝난 그곳에 뜬 무지개를 딛고(책나무)

2010년 꽃이 부르는 노래(책나무)

2016년 사랑을 리필하다(등대지기)

2018년 시 짓는 여자(등대지기)

2020년 여백에 담다(명성서림)

2021년 계단 오르기(명성서림)

2023년 초록의 뜰(청어)

김수연 시인 근황

수연꽃꽂이중앙회 회장

사단법인 국제PEN 한국본부 이사

사단법인 한국산림문학회 이사

사단법인 한국시조시인협회 운영위원

사단법인 한국문인협회 미주지회 한미문단 회원

한국문학협회 자문위원, 문학한국편집주간

E-mail: suyeoun88@naver.com
HP: 010-2757-8808

초록의 뜰

김수연 시조집

발행처   도서출판 **청어**
발행인   이영철
영업   이동호
홍보   천성래
기획   남기환
편집   방세화
디자인   이수빈 | 김영은
제작이사 공병한
인쇄   두리터

등록   1999년 5월 3일
         (제321-3210000251001999000063호)

1판 1쇄 발행 2023년 7월 10일

주소   서울특별시 서초구 남부순환로 364길 8-15 동일빌딩 2층
대표전화 02-586-0477
팩시밀리 0303-0942-0478
홈페이지 www.chungeobook.com
E-mail   ppi20@hanmail.net

ISBN   979-11-6855-166-4 (03810)

이 책은 한국예술인복지재단 2023년 상반기 창작준비금지원사업(창작디딤돌)에
선정되어 출간되었습니다.